シリーズ自句自解II ベスト100

JikuJikai series 2 Best 100 of Izumi Tainaka

対中いずみ

ふらんす堂

目次

シリーズ自句自解Ⅱベスト100　対中いずみ

さきほどの冬菫まで戻らむか

1

二〇〇六年春、第一句集『冬菫』を上木した。田中裕明主宰「ゆう」での五年間の句をまとめた。掲句、主宰からは「いままで歩いてきた風景が気になることがよくあります。きっとそこに自分の一部を置いてきてしまったのでしょう」「戻ることができるのは稀有なることで、ほんとうは過ぎ去ったものはかえりません。だから輝くのです」と書いていただいた。初期作品集の中で、二度と戻らぬ、輝いていた日々の象徴のような句だ。

（『冬菫』）

さむさうなあたたかさうな巣箱かな

2

二〇一二年夏、第二句集『巣箱』を上木した。『冬菫』制作中に、句集を編むことがこんなに面白いなら五年毎に作ろうと決めたが、実際は六年かかった。栞は正木ゆう子さんからいただいた。「対中さんの俳句から読みとれるのは、たっぷりと水を湛えた湖の、静かな真水の気配である」とし、「真水体質」という言葉を贈って下さった。たしかに私の句は少々塩気が足りない。

（『巣箱』）

わたくしの龍が呼ぶなり春の暮

3

二〇一八年夏、第三句集『水瓶』を上木した。このたびもやはり六年かかった。『水瓶』は編年体ではなく、掲句を中心に編集した。おかげで龍がテーマのような句集になった。『水瓶』は第七回星野立子賞を受賞したが、選考委員の星野椿さんは、授賞式後の懇談会の席で「私も龍が好きなの」と囁かれた。どうやら「わたくしの龍」が運んできてくれた賞だったようだ。

（『水瓶』）

8－9

いぬふぐり花閉ぢそむる夕かな

4

『冬菫』時代の句を見てゆこう。いきなり恋に墜ちたように俳句にはまった。きっかけは一冊の歳時記だった。仕事の関係で歳時記を研究する必要があり、季語に魅せられた。詩を書き短歌を読み、文学は好きだったけれども、俳句は私の文化圏には存在しなかった。それだけに新鮮だった。なにげなく通り過ぎていた道端の草花にも懇ろに立ち止まる日々がはじまった。

（『冬菫』）

はたはたのひとつは胸の高さまで

5

二〇〇〇年春に裕明主宰に入門依頼の手紙を出した。すぐにブルーインクの万年筆の返事が届き、「今回の作品から五句を「ゆう」に投じておきました」とあった。実に拙い句を「作品」と言って下さったことにどぎまぎした。「ゆう」は薄い薄い俳誌であったが、自作が活字になっているのを見て胸が高鳴った。掲載されていた主宰や先輩諸氏の俳句すべてが眩しかった。

（『冬菫』）

にほどりのつむりのまろきしぐれかな

6

はじめて主宰に会った瞬間、「知的そうな方」「正解だった」と思った。喜び勇んで投句をしたが、なかなか選に入らない。初心の三年間ほどは困惑のうちに過ごした。このころ、「俳句はどうも勝手がちがう」「俳句とは何だろう」と考えつづけた。いま思えばそう小難しいことではなく、単にものが見えてなかったのだ。ものをものとしてちゃんと見る、それだけのことがなかなか難しかったのだ。

（『冬菫』）

夜の空に白雲ながれ鉦叩

7

裕明主宰は、会員を弟子扱いせず、一作者として遇された。この句ははじめて選後評に取り上げられた。「ぼんやりと夜空を眺めているだけでは、白雲の流れてゆく様子はわからないでしょう。しずかな気持で、自然の中にある自分を再確認するときに、虫の声も聞こえてきます。感覚と思考は別のものではありません。俳句をはじめた作者の新鮮な作品を面白く思いました」とある。

（『冬菫』）

きさらぎの麦と黄薔薇とユーカリと

8

職場の大きな花瓶の花を見て掲句になった。季語だらけの変な句だと思いつつ句会に出してみた。誰の選にも入らずしょげていたら思いがけず裕明選に入った。評は「解説しにくい句ですが、気になってしようのない句でした」と。ときに「あまり早く巧くなりすぎては困ります」と言って、それらしい句を落としていた裕明主宰はこんな句をとって下さっていた。　（『冬菫』）

たらちねの足爪切りし寒の雨

9

母は奈良・西の京、唐招提寺のそばで暮らしていた。中学校の国語の教師をし娘二人を育ててくれた。当時はまだ七十代。滋賀から月に一度出向いては、母と伊勢丹のお弁当を食べたり、鹿に大豆をやりに奈良公園に出かけたりした。親は老いる姿、死にゆく姿を子に見せて教えてくれる。二〇一九年十月七日、九十四歳で帰天した。最後の一年は施設の世話になったが、最後まで介護士さんをからかう茶目っ気を見せていた。

（『冬菫』）

青簾そつくりなりし足の爪

10

どうも足の爪の句がつづく。母は子どものころ、親に隠れて勉強したという。女専に入り教師となった。牧師の家庭に育ち、アカで小説家志望の新聞記者と恋をし、結婚し、娘二人が生まれた。やがて父に女の人ができて離婚したが、終生、父の悪口は言わなかった。長じてのち初めて会った父は、母の迫力からして、拍子抜けするようなやさしそうな人だった。

（『冬菫』）

桔梗の澄みたる空となりにけり

11

一つの季語をさまざまな角度から詠んでみることも大切、と教えられチャレンジした。桔梗で五十句くらい作った。毎日毎日、頭のなかは桔梗で一杯。朝の桔梗、雨の桔梗、さまざまなシーンを想像しては作った。選後評に「空が青く澄んでいるのですが、桔梗が澄んだという表現によって桔梗の花の色と空の青が重なって見えてきます。たくまずして上々の叙景句となりました」と書いていただいた。

（『冬菫』）

あらたまの水鳥の頬ふくらみぬ

12

金木犀の香る頃、鴨はやってくる。いそいそと湖畔に出向くと、はたしてもう到着している。たぶん長旅をしてきただろうに、「え、ワタシずっとここにいましたけど。何か?」っていう顔をして浮いている。ふくらんだ頬や釦のような目や全体のフォルムが何とも可愛い鳥だが、至近距離で飛ぶと意外に大きくてたくましい。冬中、灰白色の湖に浮かぶ黒いシルエットの水鳥を見て飽かない。

(『冬菫』)

波の日の近づいてくる桜かな

13

裕明主宰は山本健吉編の『最新俳句歳時記』を愛用していた。例句がいい、とのことだった。山本が季語のピラミッドの頂点に「花・月・雪・時雨・紅葉」があると説いたことや、桜を詠むことの大切さを何度も語った。私も〈みづうみの水遡る桜かな〉〈子の靴の砂出してゐる桜かな〉〈はなびらのすりぬけてきし桜かな〉など、毎年詠んできたが、初心のうちに素直に詠んだこの句がいちばん気持ちに適う。

（『冬菫』）

青葡萄繭のごとくに雲光り

14

「俳句研究」（二〇〇四年三月号）に『「ゆう」の新鋭たち』というタイトルで作品十句とともに紹介していただいた。裕明先生のことばは「対中いずみは、しずかで繊細な抒情句を見せてくれます。感性と知性がうまく融合すると、俳句がかがやいてきます」とあった。新鋭たちは、満田春日さん、川口真理さん、私の三人。「ゆう」が総合誌に載ったこと、「ゆう」の新鋭の一人と言ってもらえたことが誇らしかった。（『冬菫』）

緑蔭や嬰の靴下の先あまる

15

その『「ゆう」の新鋭たち』に短文を書いた。「二〇〇〇年五月に「ゆう」に入会し、全くの初心者として、田中裕明主宰に句を見ていただくことができたのは多分ものすごく幸運なことだったのだと思う。おかげでだんだん俳句が好きになってくる。旧仮名遣いで「ゐ」や「ゑ」と書くとき、一瞬の思いを「かな」「けり」と言って納めるとき、いまだに少し胸がときめく」。俳句に馴れてしまうこと、倦むことがいちばん怖い。

（『冬菫』）

大粒の雨が糸瓜に赤犬に

16

席題に「糸瓜」が出た。数日前の体験が浮かび、「大粒の雨が糸瓜に」と書きつけたところ、すっと「赤犬」が出て驚いた。赤犬は日頃の語彙のなかにはない。糸瓜という季語が呼びだし、俳句形式が欲した言葉だったのだろう。飯島晴子の俳論「言葉の現れるとき」に「言葉になる瞬間は無時間であり、従って無意識である」とある。この言葉にまがりなりにも実感をもって頷けるのはこの体験があったからだ。

（『冬菫』）

夜を寒み言葉貧しくありにけり

17

初巻頭をいただいた句。先輩の西澤麻さんがお祝いの電話を下さったのだが、私の手許にはまだ届いてなかった。もどかしいような気持で内容を聞いた。「一句としては、具体的なモノがありません。そこがあやういですが、そのあやうさを買います」。麻さんに、「……それって誉めてもらえてるのでしょうか」と尋ねて笑われてしまった。これが刷り込まれてしまったのか、いまだに私の俳句はあやうい。

（『冬菫』）

雪兎おほきなこゑの人きらひ

18

鎌倉から「ゆう」のみなせ句会に毎月加藤喜代子さんがいらしていた。藤本夕衣さんのおばあさまである。『冬菫』上木後、親身な分厚いお手紙をいただいた。この句には警鐘を鳴らされた。「こういう句はいけません」。クリスチャンで清潔な人柄の喜代子さんならではの鉄槌である。句会で主宰に特選に選んでもらった句ではあったが、喜代子さんの言葉はいまも胸に刻んでいる。

（『冬菫』）

神経を休めよ蓮破れそむる

19

仕事を辞めたころに詠んだ句だ。思わぬ病を得て、回復はしたものの後遺症もあり、第一線で働くのは無理かと諦めた。かなりの仕事人間だったので挫折感は大きかった。何より時間をもてあました。毎日自分の気持をなだめるようにして過ごしていた。〈世を狭くして菊の根を分かちをり〉とも詠んだ。

（『冬菫』）

なにもかも吹かれ足長蜂飛べり

20

この句を含む十五句で「第四回ゆう俳句賞」をいただいた。主宰の選後評には「星野立子の〈吹かれきし野分の蜂にさされけり〉を思いだします。立子の無垢な視線に通じるものを感じます。俳句という文藝がもっている、邪気のなさがあらわれているのでしょう」とあった。大好きな星野立子さんの名を挙げて下さったことが嬉しかった。足長蜂は蜂のなかでも好きで、よくその姿を追ってしまう。

（『冬菫』）

穀象のふたたび歩みだすことを

21

編集長の山口昭男さんが句会の兼題に「穀象」を出さなかったら生まれていない作品だ。歳時記によれば「約三ミリの甲虫で、穀類を食い荒す害虫。頭部の尖端が象の鼻のように突出している」ということらしい。極小の虫に象ということばが贈られているのも面白い。見たことはなかったがともかく詠んだ。題詠の句にはそのときの心境がにじむことがある。仕事を辞めた挫折感から、立ち直りたかったのだろう。

(『冬菫』)

きりきりとにほどりのこゑ雪間より

22

正木ゆう子さんが「ゆう」の掲載句を評して下さった。「なんとひんやりと水分を多く含んだ言葉か」「これは素材がそうであるからというよりは、体質なのだろう」。薄い俳誌の雑詠欄の五句を見ただけで体質まで見てとる人がいるのかと驚き、そして大いに励まされた。

（『冬菫』）

百合鷗よりあはうみの雫せり

23

前掲句と同時期の作。のちに、第二十回俳句研究賞に応募した「螢童子」五十句に入れ、話題に上ったので、代表句のように言われる。けれども、当時は裕明特選の「きりきりと」の方が掲句よりも大事だった。この句は時期を逸したために投句できないまま沈んでいたが、息を吹きかえすこととなった。何がどう展開するかわからないものだ。

（『冬菫』）

水底に水輪ひろごる涅槃かな

24

裕

明主宰の選後評は「湖か池の水面に大きな水輪がひろがってゆきます。水が澄んでいて水底の砂の上に水輪の影がひろがってゆくのがよく見えます。明るい春の日差が感じられる作品です。水輪という円形の波動が、仏教の世界観にどこか通じるようです」とある。季語が「涅槃」だから仏教のはなしが出てきたのだろうが、私自身、法は仏教が好きだ。形は神道系の神社のたたずまいが好きだけれど。

（『冬菫』）

写真機に近づいてくる子猫かな

25

初心の頃の他愛ない句である。句会で裕明選に入って驚いた。隣のご婦人が「まぁ」と柳眉を逆立てた。そうだろう。他愛なさすぎる。このときカメラに近づいてきたコは、牛柄の雌猫でモモあるいはモンモ、気取ってレディーモモともいう。先住猫のP太が受け入れてくれたので、無事に我が家の一員となった。〈子猫洗ふ尻尾の雫絞りつつ〉(『水瓶』)のモデルである。

(『冬菫』)

夏めくや膝に花束重くなり

26

編集部の仕事で、桂信子さんと田中裕明の対談の収録のお手伝いにはりきって出かけたのだが、待ち合わせの駅を間違い、大遅刻をしてしまった。お土産に用意した花束を膝にのせてしょんぼりしている気分を詠んだ。裕明先生はこういうときもちっとも焦らず悠々としている。帰りに梅田のおでん屋に連れていってくれた。私を労いたかったのかご自分が呑みたかったのか。おでんの筍が美味しかった。

（『冬菫』）

旅の身に風強かりき山法師

27

旅吟は少ない方だと思う。遠いと、交通機関ですでに消耗してしまうのだ。「ゆう」では稽古会と称する一泊吟行があったが、行きしぶっていると、「宿泊吟行は親睦のためです。私も宿泊吟行でできたと思う句は、〈おのづから人は向きあひ夜の長し〉のみです」と重ねて誘われた。この句は箱根での作品。いま思えばほんとうに行っておいて良かった。〈山国になじみてきたる日傘かな〉〈みづうみの底のやうなる青芒〉。（『冬菫』）

ともに聞くなら蘆渡る風の音

28

闘病中の主宰は、入院先からメールで新作を送ってこられた。毎回、遠慮がちなコメントがついていた。各句会に持参し、互選結果を折り返し知らせた。それらの句の幾つかは『田中裕明全句集』の「『夜の客人』以後」に収められている。私はこのお役目をおおせつかったことがとても嬉しくて、だから、あんなに遠慮しなくても良かったのに。

（『冬菫』）

悼　田中裕明先生

その大き翼もて雪降らしけむ

29

訃報は、年末に帰省していた母の家にＦＡＸで届いた。我が家から夫が転送してくれたのだ。腰が萎えたようにしゃがみこんでしまった。びっくりするくらい大きな雪片が降りつづいた。あの雪の大きさは忘れられない。〈足もとのさびしからずや龍の玉〉。葬儀では先生の柩に仲間がつぎつぎ花を入れてゆく。私は列の最後の方に並んだ。足もとのお花が少なかったので、裾の方に献花をしてお別れをした。

（『冬菫』）

木と並び春の鷗とならびをり

30

裕明先生没後も「ゆう」の仲間と吟行を重ねた。島田刀根夫さんほか、いつものメンバーといつもの手順で吟行し句会をした。そこに裕明先生がいないことがたまらなくさびしかった。〈石畳のぼりつめたる芽吹かな〉〈初花に佇めば人ゐなくなり〉。百合鷗に「春」と冠しても、「芽吹」を詠んでも、「桜」が咲いてもさびしくてたまらなかった。ほんとうにさびしい春だった。

（『冬菫』）

ことごとく挽歌なりけり青嵐

31

夏になっても喪失感は深かった。悼心とともに何より困ったのは選だった。裕明先生のような選者はいない。「晨」の宇佐美魚目さんの句会に通った。掲句には「よううたってます。やはり俳句はうたわなあきません」と言われた。一時間かけて新幹線で通ったが、やがて高齢を理由に句会は閉じられた。その後、「翔臨」の竹中宏さんの選を仰ぐようになるまで、選ということに関しては大きな欠落感をずっと抱えていた。（『冬菫』）

田草引くことと先生の墓守ること

32

二〇〇六年春、田中裕明師系の同人誌「静かな場所」を創刊し、二〇〇七年夏、『田中裕明全句集』を刊行した。先生のお墓は遠くて、なかなか行けない。句集を墓前に供えて報告するために藤本夕衣さんとご一緒することが二、三度あるくらいだ。けれども、裕明先生の、あるいは「ゆう」の、墓守をするような覚悟はあって、それはいまもつづいている。

（『冬菫』）

倒木にしんしんと夏来たりけり

33

第二十回俳句研究賞に応募した。生前、主宰から「総合誌の賞に応募して下さい」とコメントをいただいていたのだ。このとき拙作を強く推して下さった廣瀬直人さんも既に鬼籍に入られた。授賞式では「晨」の中山世一さんが万事お世話下さり、裕明夫人の森賀まりさんに花束を贈呈していただいた。「俳句研究」編集長の石井隆司さんにはその後も文章を書く機会をたくさんいただいてお世話になった。

（『冬菫』）

まつすぐに山の雨くる桐の花

34

追

悼句会が終わった春、編集長の山口昭男さんが「これで「ゆう」は終わりです。みなさん所属先をしっかり探して下さい。私もどこか探します」ときっぱりと宣言された。同じころ、石田郷子さんが「よかったら「椋」で一緒にやりませんか」と声をかけて下さり、すぐに入会を決めた。掲句は、ともに「椋」に入った橋本シゲ子さんと堅田の山側、葛川坊村町を吟行をしたときの句。山の辺料理の比良山荘のあたりである。

（『巣箱』）

闖入者たり虎杖を噛みながら

35

どこに行っても自分を闖入者のように感じた。「ゆう」の終刊は巣を失うようなものだった。それでも新しく出会った人たちと吟行に出かけて句をつくった。〈野離子川あたり茅花の吹きゐたり〉。堅田を少し北へ、志賀のあたりにその名の川がある。〈山背古道小綬鶏に鳴かれけり〉。「椋」関西句会の小椋螢さんが小綬鶏の声を聞きとめて教えて下さった。花の名や鳥の名を吟行仲間にたくさん教えてもらった。

(『巣箱』)

青梅や母とふたりの箸洗ふ

36

高齢で一人暮らしをする母を見舞うために月一度ほど西の京に通った。晩ご飯が済むとあとはテレビをつけてどうでもいいようなことを話しながら夜は更けていった。こんな夜をいくつも重ねた。母はたくさんの手紙やＦＡＸを遺してくれている。酢ごぼうをたいたから送るとか、庭の牡丹が咲いたとか、夜帰ってくるときはタクシーを使いなさいとか。ありふれた何でもない日常の一齣が季語「青梅」に照らされている。（『巣箱』）

ひらくたび翼涼しくなりにけり

37

まえがきに「田中裕明全句集刊行」とある。没後三年にして全句集が出せたのは版元の山岡喜美子さんの熱意によるものだ。刊行委員は「静かな場所」のメンバーたち。私は全体の窓口をつとめつつ、年譜や校正作業に没頭した。心強かったのは満田春日さんの存在。春日さんは有能な上に献身的で、いつもしっかりした言葉で導いて下さった。この全句集は本棚ではなく、常に机上にある。

（『巣箱』）

ひひらぎの花や爽波に女弟子

38

吹田市江坂の西野文代さん宅で開かれた爽波学習会は月一度ひらかれた。榎本享さんの肝いりで「文」の方数名のほか、ふけとしこさんと私を招んでくださった。文代さんは「青」全冊をわけて下さった。いまもでかけるときは当季の一冊を引き抜いて電車の中で読む。文代さんは飯島晴子さんと同じ府立第一高女出身。数学年下に母もいた。文代さんは二〇一九年七月に逝かれた。柊の花は文代さんに似合うと今も思う。（『巣箱』）

ふくろふの腹ふんはりと脚の上

39

あるメール句会で、嵯峨根鈴子さん（「らん」）が「腹」という題を出して下さった。作句の経緯は思い出せないが、出題者のことはよく覚えている。記憶とは不思議なものだ。龍の好きな人はなぜか梟も好きなようで、私も例外ではない。梟以外にも、鷹、鳶などの猛禽類に惹かれる。映画「ファンタスティック・ビースト」に登場したサンダーバードを見たときは胸がふるえた。

（『巣箱』）

煮凝や濁りて低き祖母の声

40

母が働いていたので、家事はすべて祖母が担ってくれていた。煮凝のできたお鍋なども台所でよく見かけたし、胡瓜の酢の物や茄子のたいたんなどをよく作ってくれた。当時祖母は幾つだったのだろう。味噌汁のほか必ず三品はつくり、節分の鰯やとろろ汁、雛祭りのお寿司など季節の決まりごとも欠かさなかった。毎朝神棚に手を合わせ、家事一切を淡々とこなしていた。細身で、真夏以外はいつも着物姿に割烹着だった。

（『巣箱』）

かく甘き玉子焼なれ若楓

41

京都の料理屋「一力」で出た玉子焼には心底びっくりした。祖母が作ってくれたものと全くおなじ味だったから。甘くてだしが利いていて。この日は、竹中宏さんを囲む超結社句会のメンバーで出向いた。万事お世話役をつとめて下さった出井孝子さん(「藍生」)ももう亡くなってしまった。あの日の玉子焼の美味しかったこと、青葉が美しかったこと、句に詠みとめることができて良かった。

(『巣箱』)

大き葉の下にこはれて紅蓮

42

岸本尚毅さんが、この句、質感ありと評して下さった。質感は、写生派のキモなので、憧れるがなかなかに難しい。飴山實は「質感をことばにすることで、写生は完了する」と言っていた。やはり核となる言葉を摑めるかどうかが、写生の成否を分けるようだ。

（『巣箱』）

ひとまはり小さき水輪や鳰

43

琵琶湖は古来より「鳰《にお》の海《うみ》」と呼ばれるほど鳰《かいつぶり》が多かったようだが、最近はそれほどでもない。真鴨も減り大鷭が増えてきた。鳰は、そのひょろっとした首筋のシルエットでそれとわかる。いつもきょとんとしているように見える。

（『巣箱』）

ひるがほは青蘆原の奥に巻く

44

蘆もまた親しい。二月になると蘆の芽をたずねて湖岸を歩く。すぐに青蘆になり、茂る。蘆は水質の浄化を果たしてくれているのだそうだ。同じモティーフを『水瓶』では〈青蘆の花のごとくに昼顔は〉とも詠んでいる。真っ青な蘆の葉叢からそっと顔をだす薄桃色の昼顔の花。夏のはじめに涼を呼ぶ景だ。(『巣箱』)

苔のなかの杉苔青し春の暮

45

京都のお寺だっただろうか。「かわいい。この苔かわいい！」と喜んでいる私のそばで「それ、杉苔っていうのよ」と囁いてくれたのは土井一子さん（「翔臨」）。「ゆう」終刊後ほどなく俳句の勉強会で出会い、もう長く吟行を共にしている。私が弱気なことを言うと本気で叱って下さる友だ。

（『巣箱』）

踵より砂に沈みて涼しさよ

46

椋

関西の仲間には兵庫県在住の方が多く、須磨明石、淡路島などによく通った。海は湖とはまた違う解放感がある。仲間の一人が靴を脱いで波打ち際を歩きだした。私も後に続いた。波に洗われる素足が気持よかった。吟行のときは、ときに子どものような気持になって仲間と楽しむと、ぽんと句を授かることがある。

（『巣箱』）

夏痩せて時計の多き家に住む

47

「名栗山雀亭」と前書きをつけた。飯能市名栗に石田郷子さんを訪ねたのは、結局この一度だけだった。郷子さんは「ゆう」を紹介して下さった恩人である。「ゆう」終刊後「椋」に入会し、十五年お世話になった。私は遠出が苦手でお目にかかる機会は少なかったが浅からぬ縁だったと思う。〈さへづりのだんだん吾を容れにけり　郷子〉は〈今朝咲きしくちなしの又白きこと　立子〉と同じくらい大好きだ。

（『巣箱』）

ビクターの犬見えてゐる網戸かな

48

吟行での嘱目句であるが、幼時への郷愁もある。
蓄音機を買えば付いてきた陶器製の犬は、私の子どものころ、昭和三十年代に流行っていた。今でも商標に使われているらしい。蓄音機から、死んだ飼い主の声が聞こえてくるのでずっと耳を傾けていたという実在の犬がモデルであるらしい。網戸越しに見るものは老人の肌着の白や食卓の風景など、何かしら郷愁をさそう。

（『巣箱』）

この道は虻とほる道秋蝶も

49

吟行ではあまり動き回らず、ここと定めた一カ所に坐る。小一時間ほど坐っていると向こうからいろんなものがやってくる。蛇が来て、蝶が来る。それもそっくり同じ道を通ったりする。川沿いに坐っていたら蛇が泳いでいったこともある。もし生き物が何も来なくても、さっきからそこにある石ころや落葉が、ぐっと迫り上がって見えてくる。そういうことがたまにある。

（『巣箱』）

母逝くを父に報せず薺粥

50

夫の両親を詠んだ。義母は助産師をしていて看護の気持の強い人で、よく義父の世話をしていたが、義父が胃ろうの手術をした後、自身も病み静かに帰天した。義母がいなければ夜も日も明けないような義父だったが、義母が見舞いに来なくなっても何も言わない。私たちも知らせない。義父は事態を察していただろうと思うと切ない。その義父も辛夷の咲くころ帰天した。

（『巣箱』）

はこべらのひよこはすぐににはとりに

51

子どものころ、お祭りで買ってもらったひよこを育てた。一羽があっという間に大きくなり、庭で放し飼いをした。背の低い私が攻撃対象となり、よく跳び蹴りをくらった。鶏は何でも食べた。そうめんやソーセージ、西瓜など興味津々で食べていた。裏庭と鶏と祖母とそうめんと。回想のなかのなつかしいシーンである。小川軽舟さんが「はこべらのがまるでひよこの枕詞のようです」と葉書に書いて下さった。

（『巣箱』）

舌しまひ忘れて猫よ桃の花

52

岩田由美さんが「いるいる。こんな猫います！」、岸本尚毅さんが「桃の花、いいです」と選評を下さった。モモちゃんだから桃の花です、とは言えなかった。白黒の牛柄のモモは鼻と肉球がピンク色なのが取り柄だ。ほんとうはもっとしゃれた名前をつけたかったが、掌で眠っている子猫には、もうモモしかなかった。ある時、「モモちゃんが、モモちゃんが」と話していたら、「うちの孫ももと言います」と言われ、恐縮したことがある。

（『巣箱』）

海に藻のゆらりとひらく涅槃かな

53

淡路島。おなじ水でも、真水と海水の違いはけっこう大きい。潮風には毎回ちょっとひるむ。波音も、海辺はどすんと大きくて、うっかりしていると連れていかれそうだ。心なしか漁具なども錆びて荒々しい。水底で揺れる藻でさえ、湖のそれに比べるとダイナミックだ。この句、「海の藻」ではなく「海に藻」であることが現場感覚だろう。〈屈む子のをさなく見ゆる磯遊〉〈照り陰りはげしき磯に遊びけり〉は同時作。（『巣箱』）

太鼓の子うつむきどほし祭果つ

54

松

尾芭蕉が〈辛崎の松は花より朧にて〉と詠んだ唐崎は堅田の少し南。湖に面した唐崎神社では七月末「みたらし祭」が行われる。夜祭である。夕暮に茅の輪を潜る。形代に名を記しておくと、湖上に浮かぶ舟で焚きあげてくれる。すっかり暮れてきたころ、子どもたちの太鼓奉納があり、手筒花火が上がる。闇と火と太鼓と花火師の黒装束と。夏の夜を満喫できる。『水瓶』では〈花火師を乗せて夕波やや高く〉とも詠んだ。

（『巣箱』）

対岸の比良と比叡や麦青む

55

『巣箱』上木後、「びわこ吟行」という小さな吟行会をはじめた。毎週金曜日に堅田駅に集まり、湖岸に向かう。湖東方面のときは守山市在住の金山桜子さんが車を出して下さり、比良比叡を対岸から眺めることも多くなった。この会には家族を亡くした人や、介護中の人もいる。そういう人生上の機微もぽつぽつと伝わってはくるが、あくまで句を作り、句会をし、あっさりと別れる。それも長続きの秘訣かもしれない。（『水瓶』）

何かよきものを銜《くは》へて雀の子

56

ある時道を歩いていたら、頭上に鳥の気配がし、すぐに何かがコンと落ちてきた。鴉が木の実でも落としたかとのぞき込んだら、まだ毛も生えていない雛鳥だった。音からして、高さからして、ああ絶命したと直感した。そういう風に命を落とすコもいれば、無事に巣立って青虫を銜えて得意そうなコもいる。この差は一体何だろう。考えこむと一瞬くらっとする。（『水瓶』）

日沈みなほしばらくや竹の秋

57

静かな自然詠を詠みたい。その願いは常にある。晩春から初夏にかけての夕暮れどきの光は、見つめていると心満たされる。やがて日が沈んでもなお光線がのこる。そんな奇蹟のような時間を誰かと共有したいような、ひとりでいいような。そういうことを何にも言わず、ただそっと「竹の秋」という季語を置く。それが俳句という詩の作法なのだろう、きっと。

（『水瓶』）

猫の目のむんと怒れる緑の夜

58

我が家の先住猫のP太は七月に亡くなった。毎年、その日は「今日はPちゃん忌だね」と言って夫とひとしきりP太の話をする。いまだに、モモに話しかけながら「Pちゃん」と言っていることがあって、そういうとき、夫は酸っぱいような顔をして訂正してくる。

（『水瓶』）

魚そよぐやうに竹の葉降りきたり

59

版元のふらんす堂さんが、句集の帯に選んで下さった一句。一片の竹落葉に水中の魚の映像を重ねるのは、いつも水を見ている対中らしいと評していただいた。この日、思うように句ができないまま句会場の前まできた。「う〜ん、あと一句」と竹林の前で粘った。もうずいぶんおなかがすいていたのだけれど、空腹のときに句ができることもけっこうある。

（『水瓶』）

そのままはりかすかな水輪蓑

60

蟇も実にユニークな生き物だ。まぁ、ほとんど動かない。蛙は基本、人が近づくとぴょんぴょんと跳ねて逃げてゆくものだが、蟇は動じない。機敏でないのかもしれないし、何となく攻撃されないことを感じとっているのだろうか。さっきから首周りに小さな水輪を立て、目はこちらを見ているようなそうでもないような。どうも他の生き物とは違う時間が流れているようである。

（『水瓶』）

亡き人の眼をのみ畏る稲の花

61

選者には恵まれていると思う。岸本尚毅さんの選は本質的。竹中宏さんからは、選のみならず、俳句史や作家としてのありようなど多くのことを学んでいる。それなのに、「やはり裕明先生」と思う自分の心を時にもてあますこともある。頑なすぎるし、いつまでも子どもみたいだ。けれども、天上の裕明先生の眼は、私の句づくりが荒れないよう、護ってくれている防護柵のようである。

（『水瓶』）

言霊のはじめ檸檬のしぶくごと

62

持ち寄り句会のあと席題句会をすることがある。その場で題が出て三十分で五句提出する。ある日の席題に「檸檬」が出た。ひごろあまり意識していない季語であるが、この日、季語「檸檬」との出会いは新鮮だった。「言霊」はこの頃かかえていたモティーフ。不意打ちめいた出会いで、言葉と言葉がスパークし、思わぬ方向に句が展開することがある。

（『水瓶』）

126 − 127

水引に雨粒あたることわづか

63

場所はあまり関係がないのだけれど、伊勢の海に月見に出かけた翌日の作。けっこうな雨で、あたりの地形もよくわからず、同じような山道がつづくばかり。おまけに馴れない宿泊で少々くたびれている。仕方なく、雨に赤さを増した水引だけを見つめていた。あの細い線には、雨の筋がかすめはしても、直接にはあたらない。そう気づいて、かろうじて一句を得た。（『水瓶』）

冬うらら龍の巻髭伸ばしたく

64

血液型はA型で、星座は山羊座。こつこつ努力型のまじめ人間とされている。そうなのだろうけれど、たまに螺子がいくつか外れるらしい。ときには龍の髭をひっぱったりしたくなる。うんと伸ばしてパチンと手を離したら、龍さん、痛いかな。目を白黒させてぎろっと睨むかな。その横で手をたたいてはしゃいでいたら、龍さん、「相手にしとれん」と、そっぽ向いて寝てしまうかなぁ。

(『水瓶』)

一面の落葉に幹の影が乗り

65

月に一度岸本尚毅選を受けるメール句会がある。〈一面の落葉に幹の影乗つて〉を添削して下さった。「ゆう」時代、「が」とか「は」は強い言葉なので要注意、「の」ではだめかと考えてみること、と教えられていた。未だに「が」「は」は苦手だが、こういうときに使うのですよと示されたようだった。尚毅さんは形ができていればどんどん採って下さるが◎はめったにない。尚毅選◎は句作時の手ごたえをハッと思いださせてくれる。

（『水瓶』）

聖歌いま囁きめいてゐるところ

66

大津市打出浜のびわ湖ホールで恒例のクリスマスロビーコンサートがあり、声楽のアンサンブルを楽しんだ。おなじみの「もろびとこぞりて」「きよしこの夜」「サンタが街にやってくる」など。聴衆には子どもたちも多く、みな楽しそうだった。ほかに〈聖歌隊ロビーに散りて嬉しさう〉とも詠んだ。嬉しそうなのは演者たち。こういうときの句づくりは文句なく楽しい。弾み心が句に乗っていれば幸いだ。

（『水瓶』）

水を見てゐて沢蟹を見失ふ

67

原句は〈蛙見てゐて沢蟹を見失ふ〉だった。吟行中の軽いスケッチで、出来が良くないので捨てるつもりだったが、帰宅後パソコンに移していて、ふと「蛙」が「水」になった。その瞬間の驚きをよく覚えているが、ふだんはあまり推敲しない。現場で集中してものを見、その場で言葉を掴まなかったら、俳人としては不振。沢蟹は好きだ。近くに、ここに行くと会えるという沢蟹スポットがある。

（『水瓶』）

半裂の手の握らるることのなく

68

猛暑の頃も毎週金曜日は吟行をするが、行き先は冷房の利くハコモノになる。琵琶湖博物館の水族展示室にはお世話になっている。ここには琵琶湖固有種の小魚たちやバイカルアザラシ、古代魚などがいる。なかでもビワコオオナマズとオオサンショウウオの水槽は人気だ。あるとき半裂（山椒魚）の手が水槽にぺたりと張りついていた。それはそれは愛らしい手のかたち。水槽越しに手を重ねてみたが、半裂は動かない。（『水瓶』）

やぶからしそれからへくそかづらの蔓

69

歳時記では「藪枯らし」は秋、「へくそかづら（灸花）」は夏となっている。藪枯らしの花は、咲き初める頃のオレンジとピンクの色合いにみとれてしまう。灸花はその莟が何ともいえず可憐。この句、佐藤文香さんが推して下さった。文香さんはまだ無名の柳元佑太さんも紹介して下さった。「性格も頭も良くて裕明が大好きな若者がいる」と。柳元さんはいま同人誌「静かな場所」で卓抜な裕明論を展開してくれている。（『水瓶』）

刈られたる芒の方が美しく

70

禁じ手と言われている。美しいことを美しいと言わずに詠むのが俳句の作法である、と。そう言われると作ってみたくなる。初心のころ、裕明主宰から「セオリーを身につけて、そしてセオリーを忘れることが大切です」と学んだからだろうか。〈ふりむけば冬美しきもの見ゆる〉もそのころの作品。何句かトライしてみたが、この二句が残った。以後、「美しい」ということばを俳句では使っていない。

（『水瓶』）

鴨の水尾うしろの鴨に届きたる

71

同人誌「静かな場所」のメンバー＋αで月一回メール句会をしている。岸本尚毅さん、岩田由美さん、山口昭男さんなどの他、田中裕明賞受賞者の高柳克弘さん、津川絵理子さん、西村麒麟さん、小野あらたさんにも参加していただいている。作家揃いなので、選に入ることはなかなか難しいが、この句は珍しく賛同者が多かった。見なれた景色になお見入ってできた句だ。

（『水瓶』）

壬申の乱をはるかに麦青む

72

蒲生野を歩く。近江は額田王や天智・天武に親しい。天智天皇を祭った近江神宮もあるが、住宅地にまぎれこんだような小さな社に天智の皇子が祭られていたりする。大学では文学部に入り万葉集を専攻した。卒論は「乞食者《ほがいびと》の詠《うた》」という地味なものに取り組んだ。ほがいびとは、山の民である。まれに里に降りてきて豊作予祝のことほぎをした。民俗学的アプローチが必要で、折口信夫をよく読んだ。

（『水瓶』）

星々に引きあふ力水温む

73

なぜ星は落ちてこないのか、びゅんびゅんと気ままに飛び交わないのか、思えば不思議である。夜空の星は互いに引き合う力で整然と均衡を保っている。その引き合う力を愛というのだと教えてくれた方がいる。そんなことを思いつつ夜空の星を仰ぐ。この句、「季語にいずみさんらしい体重が乗っている」と竹中宏さんが評して下さったので、思い切って句集に入れた。（『水瓶』）

雨の土苗札につき鉢につく

74

私のなかのホトトギス的なるものかと思う。初学の頃から『ホトトギス雑詠選集』や虚子時代の大正作家たちの句集をよく読んだ。虚子、茅舎、素十、立子の句集は繰り返し読んで飽かない。ときどき、古い「ホトトギス」誌や『ホトトギス雑詠句評会抄』（小学館）、『武蔵野探勝』（有峰書店新社）を開いては、ああ、このなかにまぎれていたかった、と思う。

（『水瓶』）

キャンプの子松笠拾ひはじめけり

75

ある日のびわこ吟行で志賀に行き、中学生のキャンプに出くわした。ほぼ連射のように次々と句帳にその姿を書き留めた。爽波先生は農作業など人の動きを写生するのが良いと説いていた。たしかに反射神経を養うのにはいい訓練で、面白い。〈大鍋をずつと抱へてキャンプの子〉〈キャンプの子火熾すときの大人びて〉。

（『水瓶』）

母と子としづかな食事金魚玉

76

美術館の休憩所で見かけ、心惹かれたシーン。小学校低学年くらいの男の子とお母さんが向き合ってお弁当を食べている。お母さんはショートカットで麻素材のナチュラル服。お弁当には玄米のおむすびが入っていそうな雰囲気だ。もっと惹かれたのは男の子である。静かで聡明そうな子。ときどきぽつぽつ会話を交わしているのだけれど、二人で水中にいるような特別な雰囲気だった。聖母子のように。

(『水瓶』)

どこからが龍どこからが秋の水

77

美術館に雪村を観に行った。雪村は、室町から戦国時代の水墨画の画僧。ふだんから龍の造形を見ると昂奮するたちだが、荒れた水面と龍の顔のアップに見入った。その絵が基で掲句ができたことは確かだが、湖が荒れるときなど、よくまなうらに浮かぶ映像でもある。

（『水瓶』）

十六夜の雲呼び醒ましゐるごとく

78

毎年、月を見に小さい旅をするが、なかなか良い月にあたらない。結局ほんとうにきれいな月を見るのは我が家のベランダであることが多い。この句もベランダの柵にはりついてできた。夜空に見えるものは月と白雲しかなく、月光が雲を有情のもののように照らしている。十六夜の感じが伝われば良いのだが。(『水瓶』)

畳の上の鬼柚子と仏手柑

79

句集には主役を張る句と脇役の句がある。掲句は脇役。山科毘沙門堂での嘱目即吟句だ。鬼柚子も仏手柑も大ぶりな異形のもの。他にも花や菓子などいろいろなものが飾られていたが、取捨選択がはたらいた。鬼と仏の字面の出会いに興が乗った小品である。（『水瓶』）

傾きて雨ながしをり朴落葉

80

あの銀色がかった硬質の大きな落葉は、おそらく落ちたときの角度そのままに土の上で乾いて固くなっている。その上を冬の雨がしずかに伝っている。ただそれだけのことだけれど。しゃがみこんで見入っていた自分の姿勢のままに覚えている。

(『水瓶』)

水鳥と群をはなれること魚も

81

水鳥は群をなす。鴨の陣と呼ばれるほどかたまっている。そのなかですーっとあらぬ方へ離れてゆくものがいる。どういう思惑なのだろう。そういえば、水族館の鰯や鮎の群なども一つの固まりのように一斉に泳ぐが、ここでもすーっと離れてゆくものがいる。私のなかにも、どこかに人と群れていたくない心理があるようだ。

（『水瓶』）

わからなくなり水仙のやうに立つ

82

季語を比喩として使うと、その働きが弱いと一般に言われるようだ。そうかもしれないが、水仙の立ち姿、うつむいて咲き、少しの風にもふるえている姿が浮かんでくれればありがたい。このころ、人間関係ですこし辛いことがあったのだが、この句ができたので、もういい。

（『水瓶』）

盛り上がるところは泡雪解川

83

雪解は好きな季語。掲句は今津の水鳥観察センター敷地内の小川でできた。爽波先生は自家薬籠中の季語を持て、とよく言っておられたようだ。近江は季節で言えば、冬から春に移るころが最も美しい。そのころ、私は、どこに出かけても雪解を詠んでいる。

（『水瓶』）

蜷の道とだえるところ蜷黒く

84

俳句に一物仕立てと取り合わせがある。これは蜷一物句。嘱目で写生の即吟句ができたら、満足度は高い。変哲もない小川の浅瀬をのぞき込んでは句帳に書き付けている姿は、端からはかなりヘンな人に見えることだろう。写生は、辛抱がいる。気力がいる。この一句の向こうに書き捨てた句がいくつあることか。写生俳人がみな黙って通る道である。

（『水瓶』）

着信の青き光やみづすまし

85

取り合わせの句である。取り合わせは、二物衝撃といわれることもあるが、単に異質なもの同士の衝撃感を楽しむというだけでは野蛮だ。十二文字の内容の中心概念と季語の中心概念がほそい糸でつながっていてほしい。そのほそい糸は理屈では見えない。ごく感覚的、直観的な世界であるが、その距離の遠さと細い強靱な糸から詩が生まれる。その感覚を、初学の頃から田中裕明の俳句に学んできた。まだまだ道は遠い。（『水瓶』）

烏麦水清ければ束子ある

86

堅田の少し北に蓬莱山があり、そこから流れる水路沿いをよく歩く。もう少し北に行くと針江があり、かばたと呼ばれる水路もある。湖東には醒ヶ井もあり、ヤマトタケルノミコトの像の立つ泉もある。水のきれいなところに暮らす人々は、そこで野菜を洗ったり西瓜を冷やしたりするから、木の桶やちびた束子がぽんと置かれていたりする。

（『水瓶』）

鴫の子の片羽をゝと納めけり

87

岡田由季さん（「炎環」）が句会でこの句をとって下さり、「可愛い句です。でもこの字、何と読むんですか」と。「ちゅ、と読みます」と言うと、「わぁ、なおさら可愛い」と喜んで下さった。虚子に「老の眼に丶とにじみたる蠅を打つ」があり、「丶」の文字が使ってみたくて仕方がなかったのだ。

（『水瓶』）

青芭蕉默つて而も先に逝く

88

句集を送ると、手紙で感想をいただくことがある。この句については、裕明先生絡みの読みが多くて困惑した。裕明先生は私などに断ってから逝かなければならないような方ではない。掲句は、元同僚の死に際してのもの。私の方が先に逝って、供養してくれる筈ではなかったのか、とちょっと怒っているのだ。

（『水瓶』）

いくたびも主よががんぼがとびあがる

89

信仰はもっているが、キリスト教信者ではない。キリスト教信者ではないが、子どものころは日曜学校に通ったり、長じてからも聖書研究会に通ったりした。「いくたびも主よ」は、祈りの習慣をもつ者としての実感である。ががんぼを見ていて自然にできた句ではあるが、自画像のようでもある。

（『水瓶』）

電柱にこつりこつりと秋の蜂

90

蜂の習性に詳しいわけではないから、何のために
あんなことをしているのかさっぱりわからない。
電柱の高いところに何回も何回も身体をぶつけてはまた
離れ、またぶつけている。産卵だろうか？　この時期
に？　電柱に？　疑問は疑問のまま見つめていた。もう
すぐ命の終わる蜂だと思うとなんだか切ない。この蜂は
足長蜂。あたりには誰もいず、じりじりと強い秋日が射
していた。

（『水瓶』）

月仰ぐ猫の粗相を拭ひつつ

91

雉

猫のP太を犬猫病院に連れていったことがある。「このコ、よく吐きますか」「いいえ」「そうでしょう。おなかに毛玉が詰まっています」と言われ、甘いジェルのような薬を貰って帰った。「毛玉が排泄されますから、ちゃんとウ〇コを割って点検して下さい」とも。その通りにした。レディーモモはしょっちゅう吐く。毛玉が混じっているとほっとする。そんな暮らしの一齣である。

（『水瓶』）

大ぶりの茸世尊に捧げしか

92

仏陀釈尊は、おなかをこわして亡くなったという。在家信者のチュンダが捧げた食事に毒茸が混じっていて、釈尊は自らは召し上がったのち、みなが食べないように土に埋めさせたという話もある。このとき、チュンダはどんな気持ちだったろう……。句の中では、彼はいちばん大きな立派な茸で世尊をもてなしたかったのだと詠んだ。いつの世も、弟子の気持ちとはそういうものだと思う。

（『水瓶』）

みなひとのえかてにすとふ邯鄲よ

93

竹中宏さん曰く、「万葉の歌の表現をそのまま用いて大胆だ。通常に言う写生、写実ではない。作者として自在になり、俳句のなかで自由になっている。どんどんやるべきだ。しかし写生、写実を捨てたわけではないだろう。対中さんはきちっとした写生句もまた出してくるだろう」。こんな風に冒険句を励ましてもらい、けしかけられつつ句を作ってきた。もっと俳句のなかで自由になりたい。

（『水瓶』）

蓼の花摘む子みんなと遊べぬ子

94

水

無瀬の吟行中に見かけた景。男の子がひとり、蓼の花を摘んでいた。仲間と遊べず、ほかにすることがなかったのだろう。先生とおぼしき人もその子を気にかけながら放っている。痛々しい思いで、この句を句帳に書き付けたが、私自身にも、そして誰の心のなかにも、こういうシーンがあるかもしれない。（『水瓶』）

氷のかけら氷の上を走りけり

95

滋賀県守山市に佐川美術館がある。水の上に忽然と顕れたような素敵な建築だ。大好きな彫刻家佐藤忠良の常設展を見にときどき出かける。この日、氷った池で子どもたちが声をあげて遊んでいた。掲句、岸本尚毅さんは「氷片にして氷上を走りけり」と添削して下さった。一三二頁の句は岸本さんの添削に心から納得したが、こちらは悩んだ末、容れなかった。添削句は巧すぎて私の句ではないようだ。

（『水瓶』）

雪つよくなれば水鳥沖をさし

96

びわこ吟行は雨の日も雪の日も毎週金曜日に集まる。新年の三日であっても開催した。休んだのは台風で電車が止まったときくらいだろうか。この日も大雪だった。風が強く、三角波がたっていた。鴨たちは風に頭を向けて波の上に揺れている。風に向かい、雪に向かい、沖をさす水鳥たちの姿をそのまま写生した。寓意的にとられるのを避けて巻尾にはしなかった（『水瓶』）

水仙の一叢裾に日入り来

97

ということでこの句が『水瓶』掉尾の句となった。平凡などこにでもある景になお見入って、静かな自然詠を詠みたいという願いがいつもある。水仙が咲いていていて、その裾は少しこみあっていて、そこに日が差している。ただそれだけの景が、この日私を幸福にしてくれたと思う。水仙は晩冬の季語だが、次なる春の季節を指し示している。うっすらと春の予感をもって『水瓶』を閉じたかったのだ。

（『水瓶』）

雪つぶのひつかかりゐる氷柱かな

98

二〇二〇年初頭に「椋」を辞し「秋草」に入会した。十五年お世話になった「椋」には感謝しかない。「秋草」主宰には「「椋」も両方がんばって下さい」と言われたが自分の器量を考えて一つに絞った。この句は「秋草」初参加の題詠メール句会でできた。ここしばらく吟行の嘱目即吟に徹していたが、題詠の面白さにふたたび目覚めた。無心に選を受けることもまた。

(「秋草」二〇二〇年五月号)

みづうみに紺の戻りぬ冬木の芽

99

この句の背景には時雨がある。湖は空の色を反映してよく変わる。ことに近江の冬は天候が変わりやすい。時雨がさっと霽れると虹が出る。堅田で暮らすようになって二十年ほど経つが、最初の一年間で一生分とも言えるほどの虹を見た。今では気配でわかる。「あ、虹」と思って仰ぐとはたして。けっこう長い時間架かっている。

（「静かな場所」二十四号）

ひとつきはしぐれの虹のやうにゐる

100

時雨虹は、景も美しいが言葉も美しすぎて、何度も試みたが句にはできないでいた。掲句は母を亡くしたときの句。死者の魂は四十九日くらいは地上に居るという。もし母の魂がいましばらく地上にとどまっているのなら、しぐれの虹のようにそこに居てほしい。本書は母への供養のつもりで編んだので、この句で閉じたいと思う。

（「静かな場所」二十四号）

私が大事にしている三つのこと

季語——移りゆくものへの愛惜

俳句は小さい。この小さな器で人の生き死にから、自然界の森羅万象まで詠めるとは驚きである。季語に「時候」「天文」「地理」「生活」「行事」「植物」「動物」などの各項目があるゆえだろう。季語には、日本文化の、詩歌の伝統のエッセンスが凝縮している。

もともと文庫版の『歳時記』に触れ、季語とその例句に感激したのがことのはじまりだった。とはいえ、特別田舎暮らしが好きだったわけでもなく、虫愛づる姫だったわけでもない。俳句をはじめた頃は、いぬふぐりの名さえ知らなかった。ネーミングにはちょっとがっかりしたが、日が傾くと花が閉じられて紫になる様子は、俳句に詠もうとしなかったら出会えなかっただろう。それから、長い時間をかけて、いくつもの草や花の名、木の名、鳥の名を覚えた。季節ごとに雨には雨の、風には風の名があることを知った。

一緒に吟行しながらひとつひとつ教えて下さった諸先輩の存在はほんとうにありがたかった。初学のころは吟行での嘱目即吟はけっこうつらかった。目に映るものすべてに感嘆して歩いていると、楽しいのだけれど、浮わついてしまって句ができない。締切のプレッシャーもあって焦る。劣等感と焦りを繰り返していたあるとき、「青」「ゆう」の大先輩の野口喜久子さんが近づいてきて、「教えてあげよか」と囁かれた。「今日みたいな日を『水温む』って言うのよ」と。そのときのシーンをなぜか鮮明に覚えている。

もちろん「青」の、波多野爽波の説いた吟行作法は学んでいたから、事前に複数の季語を書き抜いて参加していたけれど、それさえ散漫になることがある。今日この日の核となる季語は何だろうと感じ澄ますことが私の吟行作法になった。主に「時候」の季語である。たとえば秋ならば「新涼」と定めたなら、「新涼」を窓にして世界を見る。「生活」「動物」「植物」などの季語は、その場で出会ったものに素直に反応すればいいが、先ずは季節の要となる季語を一つ定めるとおちついて句作に臨めた。

自分がそうしてもらったように、若い人や季語に不慣れな人と吟行をするときは、季語を見つけるたびにそっと教えてゆく。そして一日の吟行の最後には、「今日はほんとうに水澄む日だったね」「黒南風だったね」などと伝えるようにしている。季語を季感もろともその人の心に留めておいてほしいから。季語はブッキッシュに学ぶだけでは足りなくて、やはり自然のなかに身を置いて肌にしみこませてゆくものなのだろう。

季節は移りゆく。日本に四季があり、四季それぞれの恵みがある。春だけでも「初春」「仲春」「晩春」と大きく三つに分類されているが、厳密に言うと、毎日、あるいは瞬時瞬時に移り変わっている。今日の出会いは今日しかない。明日は日の加減が変わり、風もちがう。

今朝咲きしくちなしの又白きこと　立子

今朝咲いたくちなしは新鮮な白だが、昨日のそれは白ではあるけれどももうやや黄ばんでいる。そういう変化のなかで見つけた生まれたての白なのだ。

仰臥して冬木のごとくひとりなり　裕明

毎年、冬に葉を落としきった樹木を見ていると、あるとき、病院のベッドにいても、こう詠むことができる。それは、辛いとかさびしいと言うよりずっと作者の思いを届けてくれる。

私にとって季語への愛着は、たぶん、移りゆくものへの愛惜にひとしい。すべては諸行無常、変化の中にある。木の芽がほんのすこしほぐれたり日差しの傾きが変わったり、鳥がふいに啼きやんだり。琵琶湖の湖面も時間差で刻々と変わっている。すべては変化のさなかにある。世界も自分も。そして出会ったものは、常に、変わること、別れることを含んでいる。移り変わるものへの愛惜——それは今日の出会いに謝し、惜しむ心である。

俳句をつづけていると、季語への感性が深くなる。俳句作品がおもしろいかどうかは、つまるところ作者の季語への感性が冴えているかどうかに多くはかかっているのだろう。毎年毎年、あるいは日々に、季語の感受を深めながら、そこに実人生の私という人間が交差する。その交点から生まれてくる俳句を、これからも詠んでゆきたい。

定型——ことばがぴたりと嵌ること

俳句は小さいから好きだ。そして、五七五の定型にことばがぴたりと嵌ることの快感に魅せられつづけている。高橋睦郎著『百人一句』（中公新書）に次のような一節がある。

連歌のことを別名「筑波の道」というが、これは『古事記』中巻に登場する悲劇の英雄、倭建命と火焼老人《ひたきのおきな》（ともしびの火をたく役の従者）の唱和から来ている。父景行《けいこう》天皇の命令で西国筑紫《つくし》・出雲《いずも》を平定して帰る間もなく東国に遣《つか》わされ、相模《さがみ》・常陸《ひたち》の遠征後、甲斐《かい》酒折宮《さかおりのみや》で

新治筑波を過ぎて幾夜か寝つる

「常陸の新治筑波を通り過ぎてここに来るまで、幾夜寝たことだろう」と命《みこと》が歌うと、そばに控えていた老人《おきな》が

日日《かか》並《な》べて夜《よ》には九夜《ここのよ》日《ひ》には十日《とをか》を

「日をいくつも並べて夜では九夜、日では十日ですよ」と答えた。命は老人を賞《ほ》めて、東国造《あずまのくにのみやつこ》にした、という。

これが連歌の、ひいては俳句の源流と言っても良いだろう。英雄倭建命の流離の詠嘆と、言葉少なに控えている老人との唱和が胸を打つのであるが、さらには、「夜には九夜日には十日を」という対句形式で、言葉が七音の音数にぴたりと嵌った定型感が快い。この五音七音の韻律は日本人のＤＮＡによほど深く刻まれているようだ。

定型にことばがぴたりと嵌ることの快感は、名句と言われ愛誦されてきた句にはみな備わっている。とりわけ、省略や単純化が利いて、簡潔に言い止められた句が好きだ。

俳句という小さな器に、適量のものを簡潔に言い止めることができたら嬉しい。小さな器に過重な負担をかけるのではなく、集中し、抑制し、言葉少なく詠む。俳句が定型詩であること、それはある種の制約ではあるが、制約のなかにある自由は、うっすら蜜の味がする。

心――あるいは肉声

俳句は季語を詠む詩だと言われる。ときに、俳句はものを詠む詩だとも言われる。たしかに「寄物陳思」という思想があり、高浜虚子は「客観写生」を唱えた。「客観写生」の「客観」はなかなか曲者だが、要は小主観や観念よりも「ものの把握」が重要だということだろう。たしかに俳句という小さな器のなかでは、ものの存在感や質感がなければ、ふわふわと淡く頼りない片言で終わってしまう。でも、「客観写生」の旗印がもたらした弊害もあるのではないかしら、とこのごろ思う。あまりにも「もの」が強調されすぎるとなんだか唯物論のようにも思えてくる。しかし、俳句は詩である。俳句が詩であるということは、そこに心がある、ということだ。

第三句集『水瓶』を編むときに落とした多くの句は、たぶん、ここに引っかかった。選者に特選に採られた句であっても、一見上手にできていても、自分の心をくぐっていないと思われる句は外した。

心と言って抽象的すぎるなら、「個性」あるいは「肉声」と言ってもいいかもしれない。あるいは「人生」か。俳句作品は、一句だけを見ていると作者の個性などなかなかわからないのだけれど、句集として編まれると否応なくその人の個性や人生が見えてくる。

師の田中裕明は、こんな言葉を遺している。

「作者の肉声の聞こえてくる俳句が貴重だと思います。その人でなければ詠うことのできない作品。それが突抜けていって普遍的な場所に出ることができれば、それ以上ののぞむことはないでしょう。個性のない句はつまらない。個性的な作品をつくってつくって、やがて澄んだ非個性の俳句が生まれればよしと考えます。」

（「ゆうの言葉」２０００・10）

励まされる言葉だ。今後の指針としたい。

最後に

本シリーズへのお誘いをいただいたとき、正直とまどった。自句自解が面白いタイプの俳人でもないし、楽屋裏を見せるのも恥ずかしい。返事ができないままに日が経つうちに、母が帰天した。母は短歌を詠んでいたこともあって、私の俳句を熱心に読み、応援してくれた。あるときは「このごろのあなたの句はどうも良くない。田中先生のご本、ちゃんと読んでますか」と言われたこともある。そんな母への供養にしたく、一周忌をめざして編むこととした。

自句自解に取り組んでみて、改めて、俳句は自分史の要素もあるのだと気づいた。実にささやかな自分史ではあるが、この人生に俳句があってよかった。縁あってともに歩んで下さった方々、この本を読んで下さる方々に、心より感謝を申し上げたい。

初句索引

著者略歴

対中いずみ（たいなか・いずみ）

昭和31年大阪生まれ。平成12年「ゆう」入会、田中裕明に師事。平成17年「ゆう」終刊。平成17年第20回俳句研究賞受賞。「椋」「晨」を経て、現在「静かな場所」代表、「秋草」会員。著書に句集『冬菫』、『巣箱』、『水瓶』（第68回滋賀県文学祭文芸出版賞、第７回星野立子賞）。共著に『鑑賞女性俳句の世界』『決定版俳句入門』。俳人協会会員。

発　行　二〇二〇年一一月一一日　初版発行
著　者　対中いずみ　© 2020 Izumi Tainaka
発行人　山岡喜美子
発行所　ふらんす堂
〒182-0002　東京都調布市仙川町一―一五―三八―2F
TEL（〇三）三三二六―九〇六一　FAX（〇三）三三二六―六九一九

シリーズ自句自解Ⅱベスト100　対中いずみ

URL http://furansudo.com/　E-mail info@furansudo.com
振　替　〇〇一七〇―一―一八四一七三
装　丁　和　兎
印刷所　日本ハイコム㈱
製本所　三修紙工㈱
定　価＝本体一五〇〇円＋税
ISBN978-4-7814-1325-9 C0095 ¥1500E

シリーズ自句自解Ⅱ　ベスト100

第一回配本　後藤比奈夫
第二回配本　和田悟朗
第三回配本　名村早智子
第四回配本　大牧　広
第五回配本　武藤紀子
第六回配本　菅　美緒
第七回配本　仁平　勝
第八回配本　桑原三郎
第九回配本　渡辺純枝
第十回配本　酒井弘司
第十一回配本　山口昭男

以下続刊